Una fiesta saludable

WITHDRAWN

Amy White
Ilustraciones de Mima Castro
Traducción/Adaptación de Lada J. Kratky

COMIDA PARA LA FIESTA

NARANJA

PLÁTANO

MANZANA

La clase de la Sra. Torres estaba organizando una fiesta.

—¡Vamos a servir dulces! —dijo Juan.
—Yo quiero papitas —dijo Felipe.

3

María quería refrescos y Maricela, papas a la francesa.
Alex pidió pastel de fresa y Jaime, tarta de chocolate.

—Debemos servir comida saludable —dijo la Sra. Torres—. La comida chatarra no es buena para la salud.

Los niños levantaron la mano.
No comprendían nada.

—No se preocupen —dijo la Sra. Torres—.
Ahora se los explico.

La Sra. Torres se puso a buscar algo.
Al ratito lo encontró.

Mi pirámide <small>para niños</small>

Come bien. Haz ejercicio. Diviértete.

...ALES	VERDURAS	FRUTAS	LECHE	CARNE Y FRIJOLES
...an integrales	come una variedad	todas las que puedas	y otros alimentos ricos en calcio	mucha proteína con poca grasa

...ASAS Las grasas no son un grupo alimenticio, pero necesitas un poco para tener buena salud. Hay grasas buenas en el pescado, las nueces y el aceite de maíz, canola y soya.

Mantén un equilibrio entre la comida y la diversión. ★ La grasa y el azúcar – debes limitarlos

—Esta tabla muestra lo que es la comida saludable —dijo la Sra. Torres—. ¡Esto es lo mejor que le pueden dar a su cuerpo!

Después cantó la canción "Comida sana":
Come pura comida sana.
Hoy y mañana, y toda la semana.

—Miren este diagrama —dijo la Sra. Torres—.
Piensen en comida saludable que podamos tener
en la fiesta.

Los niños se quedaron mirando el diagrama.
Después, empezaron a levantar la mano.

—Me gustan los plátanos —dijo Ana.
—A mí me gusta el jugo —dijo Luz.

—¿Podemos servir carne asada? —preguntó Julio.
—¿Podemos servir jamón? —preguntó Pamela.

—Yo voy a traer tomates —dijo Roy.
—Yo voy a traer queso —dijo Luisa.

COMIDA PARA LA FIESTA

Entonces, la Sra. Torres sonrió y aplaudió.
—Me siento muy orgullosa de ustedes —dijo.